El Día de Muertos

El Día de Muertos

IVAR DA COLL

LECTORUM

ISBN 978-1-933032-43-6 (PB)
ISBN 978-1-930332-44-7 (HC)

Library of Congress Cataloging-in-Publication Data

Da Coll, Ivar.
El Día de Muertos / Ivar da Coll.
p. cm.
Summary: Rhyming verse describes the good food, decorations, and stories when grand-
mother arrives for the annual celebration of the Mexican holiday, Day of the Dead.
ISBN 1-930332-44-0 (Hardcover)
[1. All Souls' Day—Mexico—Fiction. 2. Holidays—Mexico—Fiction. 3. Stories in rhyme.
4. Spanish language materials.]
I. Title.
PZ74.3.D23 2004
2003006910

10 9 8 7 6 5 4 3 2 1

Printed in Singapore

PARA CARLOS A. PÉREZ L.

En cada noviembre
que viene la abuela
nos trae, como siempre,
historias, sorpresas.

Papeles picados
con mil calaveras.
Pan rosa endulzado
y atole de fresa.

Y del cempasúchil,
las flores del muerto,
cargando en sus brazos
racimos inmensos.

En unos comales
tortilla, aguacate.
Copal, azahares,
también chocolate.

Elote, tamales,
naranjas y plátanos.
Puerquitos y aves
de pan hecho a mano.

Todo esto lo usamos
haciendo un altar,
ponemos retratos
de los que no están.

La tía María Antonia,
mi abuelo José,
mi gata Simona
y el cuate Miguel.

Cerca de las lumbres
que guían a los muertos
también es costumbre
servir los refrescos.

Más tarde sentados
juntito a la abuela
todos escuchamos
sus calaveras,
que cuentan la vida
de los esqueletos
y dan mucha risa
sus cuentos de muertos.

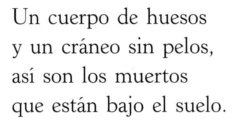

Un cuerpo de huesos
y un cráneo sin pelos,
así son los muertos
que están bajo el suelo.

Había un esqueleto
que siempre decía:
¿Por qué estaré muerto
tan flaco y sin vida?

No estaba tan muerto
tampoco tan vivo.
El triste esqueleto
vivía aburrido.

Contaba sus huesos
de noche y de día.
Este pobre muerto
siempre sonreía.

Un cuerpo de huesos
y un cráneo sin pelos,
así son los muertos
que están bajo el suelo.

Me da mucha risa
de ver a los muertos
tan llenos de vida
moviendo sus huesos.

En un cementerio
tocaba una orquesta
pues todos los muertos
andaban de fiesta.

Las damas con falda
los hombres de negro,
llevaban corbata
con saco y sombrero.

La orquesta tocaba
guarachas, boleros,
rancheras y danzas
con ritmo rumbero.

Dos muertos bailaban
un triste bolero
pero se enredaban
con sus esqueletos.

De pronto, en un giro
chocaron sus cuerpos
quedando en el piso
un poco de huesos.

Me da mucha risa
de ver a los muertos
tan llenos de vida
moviendo sus huesos.

Los muertos se suben
volando hasta el cielo.
¿Será que las nubes
son hechas con huesos?

En un matrimonio
de muerta con muerto
la novia y el novio
son dos esqueletos.

Celebran su boda
en un cementerio
con trajes de cola
vestidos de negro.

Después de la fiesta,
comida y pastel,
los novios comienzan
su luna de miel.

Se suben a un coche
con sus equipajes.
Se van esa noche
para un largo viaje.

¿Irán hasta el cielo?
Vaya uno a saber.
Quisiera saberlo
pues dudo y no sé.

Los muertos se suben
volando hasta el cielo.
¿Será que las nubes
son hechas con huesos?

En una cocina
los muertos no asustan
son hechos de harina
y pasta de azúcar

Yo quiero probar
toditos los huesos
que adornan el pan
del día de muertos.

Los muertos de harina
cubiertos de azúcar
a todos les gustan,
a mí me fascinan.

Y como me encanta
comer de a poquitos
a cada calaca
le doy un mordisco.

Un día un esqueleto
se fue para el mar.
Montado en un huevo
se puso a remar.

De pronto chocó
con una cuchara,
el huevo se hundió
al fondo del agua.

El agua era oscura,
con olas gigantes,
tenía mucha espuma,
era un chocolate.

El muerto se ahogaba:
—Me quema, me arde.
¡Auxilio! — gritaba—.
¿No habrá quien me salve?

Entonces vinieron
dos labios gigantes
que se lo comieron
en vez de ayudarle.

Termina la tarde
se lleva los versos.
Se siente en el aire
perfume de incienso.

Las velas dibujan
sobre el pavimento
caminos que cruzan
a los cementerios.

Con música y flores
y con alimentos,
en muchos panteones
hay fiesta de muertos.

Entonces la abuela
nos lleva corriendo
y vamos con ella
hacia el cementerio.

Ya llega a su fin
el 2 de noviembre,
yo quiero pedir
que pronto regrese,
nos vuelva a reunir
igual que otras veces.

La abuela vendrá
con todos sus cuentos
y hará un nuevo altar
del día de muertos.